한잠순은 왜
나무 아래 잠들었나

원재길 글 · 그림

단강

글 · 그림 원재길

시인, 소설가. 서울에서 태어났으며 연세대와 대학원에서 한국사와 국문학을 공부했다. 장편소설 <궁예 이야기>, 소설집 <달밤에 몰래 만나다>, 시집 <나는 걷는다 물 먹은 대지 위를> 외 스무 권의 책을 냈다. <한잠순은 왜 나무 아래 잠들었나>는 우화 <별똥별>, 에세이 <올빼미> <시골극장>에 이어 직접 그림을 그려 넣은 네 번째 책이다. 현재 강원도 산마을에서 오전에는 고구마밭을 돌보고 오후에는 책을 읽고 글을 쓰며 살고 있다.

한잠순은 왜 나무 아래 잠들었나

발행일 2019년 5월 30일 초판 1쇄
지은이 원재길
디자인 원새록
편집 이상희
펴낸이 원재길
펴낸곳 단강
등록 2017년 11월 6일 제 419-2017-000023
주소 강원도 원주시 부론면 사기막길 388
전화 033-761-8796
전자우편 dan-gang@daum.net

ISBN 979-11-963225-3-3-03810

* 책값은 뒤표지에 적혀 있습니다.

한잠순은 왜
나무 아래 잠들었나

서울 평창동 봉화슈퍼 윗집에 사는 한유순에겐 이름이
하나 더 있다. 워낙 잠이 많아 한잠순 여사로 불린다.
그러나 한 여사가 갓난아이 때부터 잠꾸러기는 아니었다.

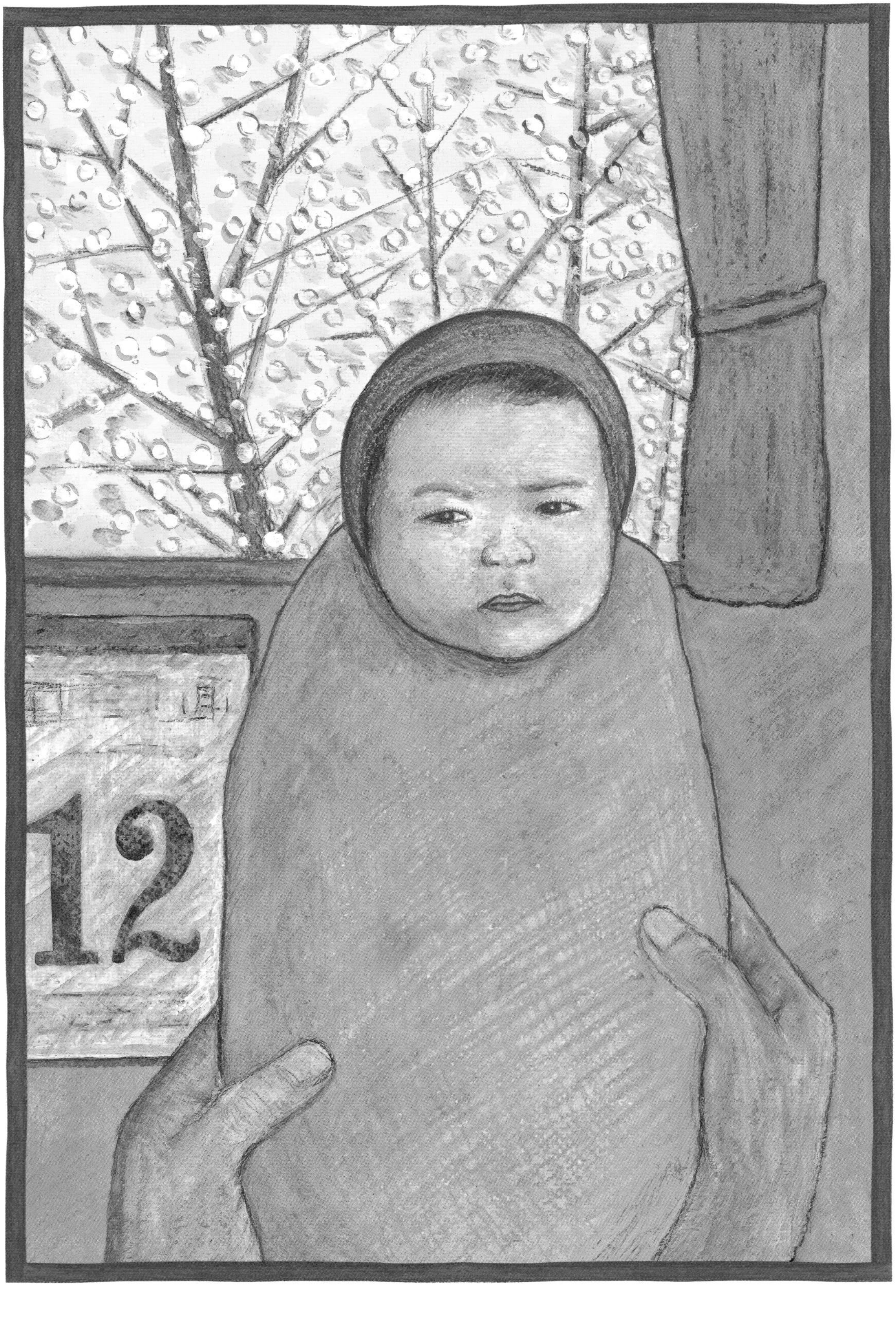
12

어느 봄날, 남쪽 지방 시골집에서 세상에 막 나온 아기는 이미 눈을 가늘게 뜬 모습이었다. 가까이에 병원이 없는 마을이라 산파가 와서 아기를 받았다.

아기는 허공에 거꾸로 들려 산파 손바닥에 볼기를 짝짝짝 맞고 목청껏 울었다. 엄마 품에 잠자코 안겨 있더니, 기미로 뒤덮인 엄마 얼굴을 보고 다시 앙, 울음을 터뜨렸다.

엄마가 젖을 물리자 아기는 눈물을 흘리며 배를 채웠다. 힘에 부쳐 빨개진 낯으로 두 눈썹 사이를 찌푸리고 옹알옹알거렸다.

"엄마, 괜찮아? 많이 아팠지?"

꼭 그렇게 중얼거리는 소리로 들려, 산파와 산모는 멈칫하고 서로 멍하니 쳐다보았다.

아기는 사흘 동안 한숨도 자지 않았다. 손발을 꼼지락대며 올빼미처럼 말똥한 눈으로 엄마 얼굴을 살피다가 까무룩 잠들었다.

반나절이 채 안 되어 깨어난 아기는 꼬물거리며 또 엄마를 바라보았다. 그 뒤로도 많이 자 보았자 하루에 서너 시간을 넘지 않았다.

어른들은 창마다 커튼을 쳐서 방을 어둡게 만들었다. 대파를 찧어 아기 코 밑에 수염을 달아 주었고, 양파와 대추씨와 도라지 달인 물을 먹였다. 불면증에 좋다는 온갖 민간요법을 다 써 보았지만, 아기는 눈곱만큼도 잠이 늘지 않았다.

한잠순 여사의 엄마는 몸을 푼 날부터 건강이 크게 나빠졌다.
'산후'라는 단어가 앞에 붙은 병을 모조리 돌아가며 앓았다. 처음엔 토하고 식은땀을 흘리며 설사를 해서 무척 위급하다는 뜻을 지닌 산후삼급에 시달리다가 간신히 고비를 넘겼다. 봄꽃이 다 질 무렵에는 느닷없이 팔다리가 뻣뻣해지고 사시나무처럼 떠는 산후경풍을 앓았다.
참고 또 참다가 더는 못 견디고 남편이 모는 트럭에 몸을 실었다. 조수석에 비스듬히 누워, 빙빙 도는 노란 하늘을 바라보며 멀리 떨어진 도립병원에 가서 열흘 입원해 치료를 받았다.
얼마 뒤에는 울혈성 신부전으로 온몸이 퉁퉁 붓고 숨쉬기가 버거운 산후심근증이 산모를 덮쳤다. 곧이어 몸에 찬 기운이 들어 덜덜 떨며 이슬 같은 땀을 흘리는 산후이슬이 산모의 여름을 한겨울 혹한기로 만들었다.
산모는 겉보기에 전혀 다른 사람으로 바뀌었다. 머리칼이 뭉텅뭉텅 빠져 반들반들한 살갗이 드러났다. 이빨도 다섯 개나 저절로 빠졌고 몸이 바짝 말랐다. 모든 뼈가 툭툭 불거져 같은 자세로 오래 앉거나 눕지 못했다.
이웃집 여자들이 한두 마디씩 주고받았다.
"가엾어서 어째."
"스물다섯 살이 아니라 환갑을 훌쩍 넘겼대도 믿겠어."

마치 기적이 벌어진 듯했다. 다시 봄꽃이 필 즈음에 하루가 다르게 증상이 가라앉았고 부쩍 낯빛이 좋아졌다. 마침내 넌더리나는 산후더침에서 풀려나는 것처럼 보였다. 아기 돌이 다 되었을 때였다.

돌날 엄마는 오랜만에 바로 앉아 미소를 머금었다. 아기를 무릎에 앉히고 즐거운 시간을 보냈다.

돌잡이할 때 아기는 쌀, 공책, 실타래, 연필, 국수를 번갈아 바라보았다.

실타래를 움켜쥔 아기는 대뜸 엄마에게 내밀었다. 아프지 말고 오래 살라는 뜻으로 비쳐, 모든 사람이 박수치며 하하 호호 웃었다.

노을이 무척 아름다운 날이었다. 해거름에 힘없이 쓰러진 엄마는 밑으로 피를 쏟았다. 밤새 몸속 피의 절반을 내보냈고, 돌상에 올랐던 백설기보다 낯빛이 하얘졌다. 동틀 녘에 숨을 몰아쉬며 같은 소리를 중얼거렸다.

"아가야… 아가야…"

탱자나무 울타리를 넘어 마당을 건너온 햇살이 섬돌을 적실 때, 엄마는 명이 다해 아침노을이 남아 있는 하늘로 올라갔다.
아기는 엄마 장례식이 치러지는 내내 울었고, 식이 끝난 뒤에도 쉬지 않고 울었다. 물기가 사라진 살갗이 까칠하고 쪼글쪼글해졌다. 양 볼에서 포동포동한 젖살이 사라졌다.
가족과 친척들은 넋을 잃었다.
“아휴, 이게 무슨 일이람.”
“설마 재까지 잘못되지는 않겠지?”
아기는 힘이 다 빠지자 낮게 훌쩍거렸다. 엄마가 세상을 뜬 지 보름이 지났을 때, 울음을 뚝 그치고 먹을 걸 찾았다. 퉁퉁 부르튼 입술 사이로 미음을 몇 술 받아먹고는 잠에 빠져들었다.

참으로 길고 오랜 잠이었다.

이름 대신에 한잠순이라는 별명으로 불린 아이는 읍에서 모르는 이가 없는 유명 인사였다. 잠에 관해 말할 때면 반드시 '한잠순'을 입에 올려야 한다는 불문율이 생겼다.

"네가 한잠순이냐? 하라는 공부는 안 하고 잠만 자게."

"그만 일하고 눈 좀 붙여, 한잠순처럼."

한잠순은 초등학교에 들어가기 전까지 하루 스무 시간을 잤다. 학교에 다니면서 많이 줄었지만, 그래도 하루 열다섯 시간을 넘게 잤다.

학교와 집을 걸어 오가는 길에 나무와 전봇대와 입간판에 부딪치며 졸았고, 교실에서 선생님 말씀을 줄곧 귓등으로 흘리며 졸았다.

밥 먹을 때 숟갈을 입에 물고 졸았고, 교과서를 거꾸로 펼쳐 놓고 숙제하다가 졸았다. 거의 온종일 잠잔다고 해도 틀린 말이 아니었다.

한때 딸아이의 잠을 늘리고자 애썼던 아버지는 백팔십도 방향을 틀었다. 끼니때마다 커피를 옅게 타 숭늉처럼 먹였으며, 라디오를 벽에 매달아 노래와 연속극을 크게 틀어 놓았다.
아이가 잠을 못 이루게끔 온갖 귀신 이야기를 모아 들려주었고,

백제 시대 기와에 새겨진 도깨비와 서양 흡혈귀를 대문짝만하게 그려 아이 방 벽에 붙였다.

별것 아닌 일을 갖고 하루에도 수십 번씩 아이를 냅다 외쳐 불렀다.

“어서 일어나 바깥 좀 내다봐라! 소나기가 오려나 보다!”

“얘, 이것 좀 봐라! 마당에 개미가 이렇게 많구나!”

아버지는 아이 뒷덜미에 얼음주머니를 넣었으며,
고무줄을 팽팽하게 넣은 머리띠를 이마에 둘러 주었다.
밥상머리에서 까닥까닥 조는 아이 코를
빨래집게로 집었다.

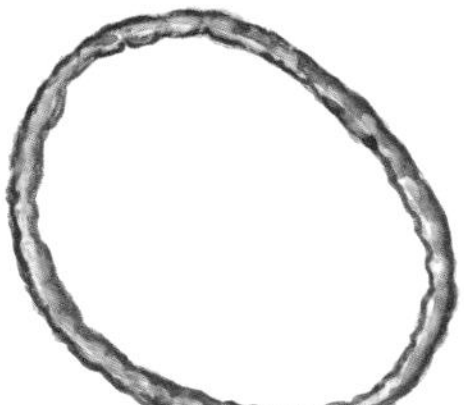

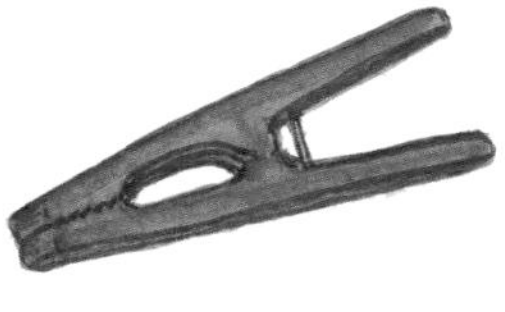

어느 날에는 삼십 분마다 부웅, 하고 소리 내며
부르르 떠는 팔찌를 발명해 팔목에 채웠다.
아이가 잊을 만하면 와락 팔을 잡아채 흔들었고
거꾸로 들어 그네를 띄웠으며,
솔가지로 겨드랑이와 발바닥을 간질일 때도 있었다.
그러나 아이는 꿈쩍도 하지 않았다.
잠깐 깨어나 눈을 끔벅이고는 다시 잠에 빠져들었다.

한잠순에겐 또 다른 증상이 있었다.

아기 때는 말을 익히는 속도가 아주 빨랐다. "엄마, 맘마 줘" 같은 짤막한 문장을 넘어, "맘마 주고 물도 줘" 같은 중문을 입에 올려 신동이 났다는 소리를 들었다.

이런 아이가 엄마를 잃은 뒤에 입을 꾹 다물었다. 혼자 있을 때 뭐라고 웅얼거리기도 했으나, 얼마 지나자 숨소리밖에는 아무런 소리도 내지 않았다. 호되게 넘어져 무릎이 깨어져도 비명이나 신음이 없었다.

그런데 누가 "잠순아!" 하고 부르면 고개를 돌리고 바라보았다.

말은 못 해도 귀는 정상이라는 얘기였다.

잠순이는 아홉 살 때 글과 셈법을 깨쳤으며, 다른 아이들보다 느렸지만 그럭저럭 학교 공부를 쫓아갔다. 중학교 교복을 입고 단발머리를 하면서 잠이 크게 줄었는데, 머리칼이 잘리며 신경이 예민해져서 그리 되었다는 말이 돌았다.

그러나 고등학교에 올라가며 예전으로 돌아갔다. 아침 일곱 시에 일어나 학교에 가면 쉬는 시간과 점심시간마다 책상에 엎드렸으니, 주중에는 아무리 못 자도 하루에 열네댓 시간을 잤다. 주말에는 나무늘보가 되어 스무 시간이 넘도록 방바닥에 들러붙어 지냈다.

버스
SEOUL STATION

고등학교 졸업식을 앞둔 겨울날이었다.
한잠순의 아버지는 빙판길에서 운전하다가 깜박 졸았고, 다시는 집에 돌아오지 못했다. 고아가 된 스무 살 처녀는 졸업식 날 학교에 가지 않았다. 보따리를 품에 안고 손가방을 들고 교문 앞을 잰걸음으로 지나쳤다. 엄마가 생전에 즐겨 쓰던 스카프를 머리에 두르고 입마개를 했다. 아무도 고향을 떠나는 한잠순을 알아보지 못했다.
역으로 간 한잠순은 열차에 오르자마자 잠들었다. 곁에 앉은 사람 어깨를 옆머리로 툭툭 박으며 서울로 올라갔다. 그날부터 마포에서 쌀가게를 하는 삼촌 집에 얹혀살았다.

잠에 한이 맺힌 듯한 조카딸을 잠자코 지켜보던 삼촌 내외는 길게 숨을 내쉬었다. 서로 쳐다보며 절레절레 고개를 흔들었다.

"숟갈을 놓자마자 곯아떨어지네."

"소문은 들었지만 이렇게 잠이 많은지는 몰랐어."

같이 산 지 석 달째 되던 날 아침이었다. 그들은 아직 꿈속을 헤매는 조카딸을 흔들어 깨웠다. 밥 한술 먹이고 등을 떠밀어 성당으로 보냈다.

한잠순은 성당 어린이집에서 그림책과 학습 교재와 장난감을 정리하며 지냈다. 줄곧 꾸벅꾸벅 졸며 일해서 손을 댄 책마다 갈피 어딘가에 침이 말라붙어 있었다. 모든 책이 점점 쭈글거리고 부풀었다.

원장 수녀가 책들을 들추어보다가 눈을 크게 떴다. 자기도 모르게 성호를 그으며 말했다.

"멀쩡한 책이 없네요. 앞으로는 엄마를 찾으며 우는 아이들을 달래도록 해요."

이 일에서 한잠순은 남다른 솜씨를 보였다. 아무리 지독한 울보도 그 품에 안겼다 하면 울음을 뚝 그치고 깊이 잠들었다. 잠보 선생의 몽롱한 눈빛과 두툼한 눈두덩은 울보들을 잠재우는 특효약이었다.

한잠순은 잠든 아이를 안고 비틀대며 조용하고 외진 곳을 찾았다. 계단 뒤쪽 창고나 놀이터 꽃밭에 가서 아무렇게나 누워 늘어지게 잤다.

여러 해가 꿈결처럼 흘렀다. 남보다 별을 덜 보고 지낸 한잠순은 갈수록 얼굴이 뽀얘졌으며, 잠을 자느라 덜 먹어 볼 살이 빠지고 갸름해졌다.

어느 날 퇴근길에 꾸벅꾸벅 졸며 하느작하느작 서교동 골목길을 지날 때였다. 청년 하나가 우뚝 걸음을 멈추고 쳐다보았다.

'마치 구름 위에서 꿈꾸는 듯 걷네!'

청년은 집까지 한잠순을 좇아갔고, 다음 날 아침에 다시 나타났다.

"이리 주세요. 제가 들어 드릴게요."

그날따라 한잠순은 어린이집에 가져갈 수업 자료가 많았다. 입을 가리고 하품하며 청년에게 무거운 가방을 넘겨주었다.

청년은 날마다 한잠순을 어린이집까지 데려다 주었다.

한잠순이 헛발을 딛고 휘청거리면, 재빨리 팔을 뻗어 붙들어 주었다.

정신을 잃지 않도록 줄곧 웅얼거렸다.

“그대로 쭈욱 가요. 좀 있다 왼쪽 길 건너요.”

한잠순이 잠결에 엎어질 듯 전봇대로 바짝 다가갔을 때였다.
청년이 와락 뛰쳐나가며 온 세상이 울리게 목청껏 외쳤다.
"앗, 안 돼! 멈춰요!"

청년은 중학교 국어 교사였다. 릴케와 랭보를 무척 좋아했고, 소월이며 영랑의 시를 줄줄 외웠다.
시를 짓느라 뜬눈으로 밤을 밝힌 날이 새벽별만큼 많았다. 이 시들을 복사해 시집을 만들어 동료 교사와 친구들에게 나눠주었다.
청년은 타자기로 쳐서 복사해 만든 두 번째 시집 <미녀와 졸음>을 들고 한잠순에게 달려갔다. 두 손으로 시집을 바치며 한껏 감정과 가락을 넣어 읊조렸다.
"이 시집엔 주말이 빠져 있답니다.
주말에도 저에게 꿈꾸는 모습을 보여주세요."
한잠순이 잠결에 고개를 까닥이면서 정식 데이트가 시작되었다.

두 사람은 일요일마다 국도극장과 대한극장으로 영화를 보러 다녔다. 물고기에게 밥을 던져 주며 창경궁과 경복궁 연못 둘레를 걷기도 했다.

철이 바뀔 때는 북한산과 도봉산, 청계산과 관악산을 번갈아 올랐다. 몇 번 한잠순이 너무 졸려 비틀거렸다. 청년은 오가는 사람이 드문 곳에서 한잠순을 업고 걸었다.

한여름에 이들은 한강 인도교 아래 유원지에서 수영복을 입고 부끄러워 멀찍이 떨어져 헤엄쳤다.

몹시 추운 겨울날엔 버스에 나란히 앉아 거리를 구경하며 시내를 돌았다.

둘 가운데 하나가 세상에 나온 날에는 백화점에 들렀다. 종로 화신이나 명동 코스모스에서 스카프와 장갑을 사서 축하 카드를 곁들여 주고받았다.

이들은 세상에서 가장 조용한 연인, 오가는 말이 없어도 대화가 이루어지는 신비로운 커플이었다. 한 해가 저무는 날, 명동을 거닐다가 성당 뒤뜰로 가 마리아상 앞에 섰다.

희끗희끗 싸락눈이 날리기 시작했다. 성탄목을 장식한 등이 더욱 아름답게 반짝거렸다. 두 사람은 같은 순간에 함께 살아갈 미래를 떠올렸다.

이듬해 봄날 청년은 충무로 카페 '감격시대'에서 한잠순 앞에 무릎을 꿇었다. 꽃다발과 사파이어 반지를 바치며, 간밤을 꼬박 새워 지은 시 '청혼'을 읊었다.

"구름을 밟고 서서
꿈꾸는 여인이여.
나의 신부가 되어
어두운 길을 멀리 밝혀 주세요."

찻잔을 앞에 놓고 꾸벅꾸벅 졸던 한잠순이 천천히 고개를 들었다.

눈을 바로 뜨면서 좀 더 크게 고개를 끄덕여 청혼을 받아들였다.

혼인식이 이루어지는 동안 한잠순은 줄곧 졸았다.
주례 선생이 뭐라고 말만 하면 고개를 끄덕였다.
주례 선생은 신부의 태도가 영 마음에 들지 않았다.
윗몸을 앞으로 기울이고 속삭였다.
"신부, 그러는 거 아닙니다. 자중하세요."
멈칫한 신부는 또 고개를 끄덕거렸고, 그만 무릎에서 힘이 풀렸다. 웨딩드레스 자락을 활짝 펼치며 제자리에 주저앉았다. 옆으로 누우려고 베개를 찾으며 손을 내저었다.
하객들의 눈이 휘둥그레졌다. 신랑의 어머니는 손으로 입을 가리고 엉거주춤 일어났다.
질겁한 신랑이 사회를 보는 친구를 돌아보았다.
사회자는 재빨리 탁자 아래로 숨어 버렸다. 겨우 마음을 다잡은 신랑은 젖 먹던 힘까지 내어 신부를 일으켜 세웠다.
주례 선생은 잠깐 입술을 깨물며 괴로워했다.
간밤에 담배 한 갑을 태우며 쓴 중편소설 분량의 주례사 읽기를 포기했다. 띄어쓰기 없는 문장을 단숨에 외쳐 그날 맡은 일을 끝냈다.
"이것으로써장영식군과한유순양의성혼을엄숙히선언합니다!"

동대문운동장

신혼여행지는 온양 온천이었다.

버스가 시내로 들어설 때, 신부가 눈을 가늘게 뜨고 창에 뺨을 댔다. 어둠이 내리는 거리를 멍하니 바라보았다. 알칼리성 온천물 냄새에 온몸이 나긋해졌다.

예물 준비와 혼인식과 피로연에 지친 신부는 잠이 더욱 늘었다. 호텔에서 신랑이 잠옷으로 갈아입히는 중에도 잤고, 곁에 누워 어깨를 흔드는데도 계속 잤다.

이튿날 아침에 신랑은 신부를 깨우다 지쳤다. 축 처진 어깨로 혼자 호텔을 나섰다. 온천욕을 하고 머리칼을 말리며, 다른 커플들이 팔짱 끼고 오가는 거리를 쓸쓸히 거닐었다.

여행 마지막 날 신부는 처음으로 침대를 떠났다. 햇살이 쏟아져 들어오는 창으로 다가갔다. 저 멀리 탁 트인 들판을 내려다보며, 저렇게 넓은 곳에 침대가 있다면 얼마나 좋을까 하고 속으로 중얼거렸다.

'동대문 운동장만 한 침대에 누워 잔다면
내 평생소원이 이루어질지도 모르는데!'

잠보 엄마한테서 태어난 아기는 잠보가 아니었다. 여느 아기와 비슷한 시간만큼 잤고 비슷하게 깨어 지냈다. 밤에도 몇 번 꼬물거리며 칭얼댔다. 엄마는 아기가 목놓아 울어도 깨어날 줄 몰랐다. 아빠가 눈을 비비며 몸을 일으켰다.

"배고프구나. 우유 줄게, 조금만 기다려."

아기 아빠는 늘 잠이 모자랐다. 갑자기 고개를 끄덕이며 휘청거렸고, 학교에서 수업하다 말고 졸았다. 하루걸러 교탁에 이마를 쾅, 하고 박았다.

학생과 교사들 모두가 그를 중국어 비슷한 별명으로 불렀다.

"쾅 선생님, 이마가 빨개지셨어요. 약 발라 드릴까요?"

"쾅 선생, 오늘 저녁 때 회식 있대요. 잠깐이라도 들렀다 가세요."

"어머. 쾅 선생님, 턱에 침 흘리셨어요."

한잠순은 남편이 너무 고단해 코피 쏟은 이불을 연거푸 빨며 고개를 흔들었다.

그제야 애써 잠을 줄이고 정성껏 아이를 돌보았다.

그러나 아이는 말 못하는 잠보 엄마한테 기대는 데 한계가 있음을 일찍 깨달았다.

스스로 독립심과 호기심을 키우며 아주 씩씩하게 자랐다.

유치원과 초등학교를 다니는 내내, 아이는 알쏭달쏭한 물음을 입에 달고 다녔다.

"호랑이는 왜 사자가 아니고 호랑이예요?"

"왜 호랑이는 멍멍 짖지 않고 어흥 울어요?"

아이는 수학과 물리학을 무척 좋아했다. 중학생이 된 뒤에도 틈만 나면 까다로운 물음을 던져 선생님들을 쥐구멍으로 몰았다.

"가장 빠르게 화성과 목성을 거쳐 토성으로 가려면, 한 해 가운데 언제 지구를 떠나야 하나요?"

어떤 선생님은 그만 은퇴하고 지구를 떠날 생각을 잠깐 했다.

아이는 중학교를 전교 수석으로 졸업했다. 고등학교는 차석으로 마쳤는데, 아버지가 영어 선생님인 아이한테 영어 한 문제 점수 차이로 밀렸다.

한잠순의 남편이 갑자기 심장병으로 쓰러졌다. 아들이 첫번째 대학 축제에서 막걸리를 코로 마시고 캠퍼스 광장 분수대에 토한 날이었다.

남편은 병원에서 퇴원해 집으로 돌아와 자리에 누워 지냈다. 살림을 도맡은 한잠순은 일자리를 찾아 나섰다. 혹시나 하고 처녀 때 다니던 어린이집에 가 보았다. 아주 튼튼한 보조 교사가 둘이나 버티고 있었다. 졸음 같은 건 모른다는 듯, 둘 다 눈망울이 무척 부리하고 또랑또랑했다.

한잠순은 신문 구인란에 나온 회사들을 돌며 이력서를 냈다. 접수원이 묻는 말에 손으로 하품을 누르며 고갯짓했다.

"특기가 아기 재우기 맞나요?"

"아흠." (끄덕)

"말을 못하고 소리는 듣는다고요?"

"오흠." (끄덕)

거리에서 빈 벤치가 보였다 하면 허둥대며 달려가 몸을 싣고 졸았다. 청소부들이 일부러 빗자루로 종아리를 툭툭 치고, 주먹으로 머리를 탁 쥐어박는 시늉을 했다.

나이 마흔다섯에 말 못하는 여자를 쓰려는 곳은 태양계 안에 없는 듯했다. 딱 한 곳, 시청 건너 신세계 백화점 여성복 매장에서 일거리를 주었다.

관리팀장이 호루라기를 건네며 의자를 가리켰다.

"도둑을 보면요,

이걸 짧고 세게 삑, 하고 부세요."

의자에 올라선 한잠순은 오 분 만에 졸기 시작했다.

허수아비처럼 두 팔을 벌리고 춤을 추듯이 온몸을 흔들었다.

팀장이 달려가 억지로 끌어내렸다.

"도둑 잡으려다 추락 사고 나겠어요.

집에 가서 주무세요."

한잠순은 가을이 가고 겨울이 온 뒤에도 날마다 일자리를 찾아다녔다. 저녁때 집에 돌아오면 현관에서 픽 쓰러졌다. 남편이 더욱 하얘진 얼굴로 아내를 잡고 흔들었다.

“여보, 여보, 정신 차려요.”

아내의 구두를 벗기던 남편은 눈을 크게 떴다.

치마 밑으로 드러난 허벅살이 붉고 푸른 자국으로 뒤덮여 있었다. 낮에 돌아다니면서 졸음을 쫓으려고 꼬집어 비튼 자국이었다.

아내를 물끄러미 바라보던 남편은 주먹을 그러쥐고 이를 악물었다. 바로 그때부터 남편의 몸에서 놀라운 일이 벌어지기 시작했다.

한잠순의 남편이 심장병을 앓은 지 꼭 한 해가 지났을 때, 심장에서 피가 거꾸로 흐르는 일이 뚝 그쳤다. 늘 희고 푸르던 얼굴이 핏기를 되찾았고, 제멋대로 뛰던 맥박과 거칠게 몰아쉬던 숨이 가라앉았다.

다시 찾은 병원에서 의사는 입을 벌려 목젖을 보여주었다. 되살아날 희망이 없었던 환자를 덥석 끌어안고 연거푸 외쳤다.

"이럴 수가! 말도 안 돼요!"

눈부신 봄날, 그는 힘차게 뛰는 심장 소리에 발을 맞추며 씩씩하게 학교로 돌아갔다.

우울한 얼굴로 집 밖을 떠돌던 아들은 다시 책상 앞에 앉았고, 한잠순도 예전 모습을 되찾았다.

집안 살림을 돌보고 남은 시간을 모조리 잠자는 데 쏟아부었다.

아들은 학교를 마치고 군대에 다녀와 직장에 들어갔다.
첫 월급을 받은 날, 어머니 한잠순에게 새털 같은 잠옷과 햇솜 이불을 선물했다.
어느 날에는 여자를 데려와 부모에게 인사를 시켰다.
하루에 네 시간 넘게 자면 심한 양심의 가책을 느낀다는 여자였다.
아들과 여자는 혼례를 올렸다.
그 뒤로 세상 물정에 어두운 시어머니로선 알다가도 모를 일이 벌어졌다. 석 달밖에 지나지 않은 날에 며느리는 딸을 낳았다.
두 해 뒤에 며느리는 아들을 낳았고, 아이들은 무럭무럭 자랐다.
"어머니, 다녀올게요. 얘들아, 할머니하고 잘 지내고 있어."
며느리는 아이들이 혼자서도 밥 먹고 낯 씻을 나이가 되자 집을 나섰다. 직장을 얻어 어려서부터 하고 싶어 했던 일을 하러 갔다.

가을날 오후에 한잠순 여사는 흔들의자에 앉아 졸았다.

속눈썹 사이로 단풍나무를 바라보던 눈이 스르르 감겼다.

세탁기 도는 소리가 점점 커지다가 힘없이 꺼졌다. 집안일을 돕는 아주머니가 현관문을 열고 나왔다. 빨래를 걷어 들고 집으로 돌아 들어갔다.

두 아이는 잔디밭에 앉아 나무 블럭 집을 지었다.

네 살 난 사내아이가 웅얼거렸다.

“우리 할머니, 또 주무셔.”

여섯 살짜리 손녀딸은 입을 쑥 내밀었다.

“오늘은 한 번도 우리랑 안 놀아 주셔.”

직후에 기적과도 같은 일이 잇달아 벌어졌다.

단풍잎 한 장이 떨어져 한잠순 여사의 콧등에 앉았다.

한 여사는 손을 들어 나뭇잎을 떼어 냈다. 눈을 가늘게 뜨고 잎을 바라보았다.

한 여사의 입술이 천천히 열렸다. 이 세상 어느 누구도 들어 보지 못한 목소리, 한없이 부드럽고 느린 목소리가 흘러나왔다.

"단풍이 참 곱네."

두 아이가 동시에 할머니 쪽을 돌아보았다. 얼떨떨한 얼굴에 입이 벌어졌다.

벌떡 일어난 사내아이가 집 쪽으로 달리며 외쳤다.

"이모, 할머니가 말을 했어요!"

손녀딸이 조심조심 한 여사에게 다가갔다.

"할머니, 괜찮아?"

한 여사가 손을 내밀었다. 손녀딸을 무릎에 앉혔다.

머리를 쓰다듬고 꼭 품어 안으며 다시 입술을 뗐다.

"이 할미의 어머니는 할미를 낳고 나서 몹시 앓으셨어.
할미 돌날 다음 날 돌아가셨지……
할미가 태어나지 않았다면, 그분이 꽃다운 나이에
세상을 뜨는 일은 없었을 거야……
그 뒤로 할미는 입을 꾹 다물고 잠꾸러기가 되었어.
꿈에서라도 그분을 다시 뵙고 싶어, 틈만 나면 잠을 잤지……
좀 전에 할미는 소원을 이루었단다.
꿈에서 그분을 만났거든.
하늘나라에서 고운 옷 입고 잘 지내고 계시더구나."

한잠순 여사는 손녀딸의 등을 토닥거렸다.
아이는 할머니 가슴에 입김을 불며 쌔근쌔근 잠들었다.
한 여사는 천천히 지난날을 돌아보았다.
모든 기억이 흐릿해 이 세상에서 겪은 일 같지 않았다.
고개를 들고 새털구름이 떠가는 하늘을 바라볼 때였다.
어느 여인의 몸을 빌려 이 땅에 온 뒤에
처음으로 한잠순 여사의 얼굴에 미소가 가득 번져 갔다.